Carlo Malinverni

Guardando all'avvenire

© 2023 Culturea Editions

Texte et illustration de couverture : © domaine public
Edition : Culturea (Hérault, 34)
Contact : infos@culturea.fr
Retrouvez notre catalogue sur http://culturea.fr
Imprimé en Allemagne par Books on Demand
Design typographique : Derek Murphy
Layout : Reedsy (https://reedsy.com/)

Dépôt légal : janvier 2023
Tous droits réservés pour tous pays

ISBN : 9791041846375

A MIO NIPOTE
GIOVANNI GUIDO TRIULZI

La fronte ampia statuaria
chiudea il forte pensiero
quasi rocca granitica:

il vigil occhio nero
spazïava lontano
fiso a un irraggiungibile
alto ideale umano:

sapean le labbra il fremito
de la parola ardita
che esplode come folgore;

ma una bontà infinita
gli ridea su dal core
sul volto mesto e pallido,
e una luce d'amore:

de la man bianca e piccola
la stretta era tenace, -
fede, promessa, vincolo:

oimè! spesso fallace
trovò la fede in altri
che la promessa e il vincolo
ruppero, - o vili o scaltri:

il dubbio allora l'anima
mordea, - crudele angoscia,
avvoltoio che lacera:

ma levavasi poscia
per la virtù che vuole:
così offusca una nuvola
per pochi istanti il sole.

GUARDANDO ALL'AVVENIRE

Ci additaron la mèta, - luminosa, smagliante
come vetta di monte che il sole da levante
con la calda ricchezza de' novi raggi indora:
a quella mèta, dissero, chi pensa e chi lavora,
chi sillogizza i veri duraturi, cui chiede
l'umanità sbattuta refrigerio di fede,
chi eterna nelle storie, su le tele, nei marmi,
negli armonici numeri de' palpitanti carmi
le glorie de la patria, l'onte dei dì presenti,
e i voti e le speranze trepide de' vegnenti;
chi col nerbo de' muscoli, col sudor de le fronti
fertilizza le zolle; chi alle avare dei monti
viscere perigliose chiede i tesor nascosti,
o vie che allaccin terre cui son essi frapposti,
a quella mèta tutti debbon drizzar l'acume
de la mente e de l'anima: di là - accenna il Nume.
La strada combattuta che l'uom conduce ad esso,
di libertà è cammino, cammino è di progresso.

Ci dissero: fu tempo (lagrime e sangue gronda
il ricordare) ne la terra che il mar circonda
e l'Alpe, le due sante parole eran delitto:
morto chi le dicea, - per lo meno proscritto;
ogni energia, strozzata; scrutato ogni pensiero;
l'uomo ignavo, - tranquillo; ribelle, - prigioniero:
l'istruzion, privilegio; volean cieche le menti,
l'anime scialbe, morti voleano; non viventi;
non popolo, ma gregge, non uomini ma schiavi...
Lagrime e sangue gronda la memoria degli avi.

E sorse un Uomo: è pallido, è grave nel sembiante:
mai figura piú austera fu vista, dopo Dante:
intorno a Lui silenzio sepolcral, - ma dal lido
sonante, da le italiche storie, da l'Alpi, un grido
santo e fascinatore, mai spento per vicende,
giunge a l'anima sua: - Egli ascolta, - e comprende:
istituzioni libere, dopo anni d'infortuni,
denno sorger qui dove fiorirono i Comuni.
Comprende: - intorno intorno, gira il guardo severo,
grida ai morti: sorgete! grida: Azione e Pensiero.
Ecco, il detto animoso corre tra gente e gente,
ecco, un popolo intero si scuote, si risente:
Ansio ascolta: la voce gli parla imperïosa,
sprona, rampogna, incende, - dice: levati ed osa!
Voglion mozzar l'audace parola; no 'l permette
la fortuna d'Italia: - per minacce, non smette,
ai perigli, non bada: sovente lo sconforto
lo assal, ma più gagliardo, più veemente è risorto;
l'abbandono dei vili non lo scuote, - sventura
no 'l piega, - la trisulca calunnia Egli non cura.

Ansio il popolo ascolta: scende la sua parola,
pioggia fecondatrice, su l'anime e consola:
la frase che trascina, che affascina, fiorisce
naturalmente su la sua bocca: - la capisce
ciascuno, la desidera, la invoca come pura
acqua di fonte in tempo d'opprimente caldura.
Oh! le pagine sante che dicono gli affetti;
umanità, famiglia, la donna, i pargoletti,
oh! pagine ove freme de la patria l'amore,
l'amor de l'universo - brani di vivo cuore!...

E un altro Grande allora, nato anch'Egli sul mare,
angiolo di salvezza per ogni oppresso, appare.
È bello, è biondo, ha gli occhi come il suo mar profondi;
lo chiamano: l'eroico cavalier dei due mondi.
Amor gli modellava le labbra: - mollemente
la sua voce sonava, musica onnipossente.
Al grido di chi geme tra le catene, accorre;
è il Dio de le battaglie, - Egli che il sangue abborre,
Egli che chiuso in cuore tiene un vivo ideale
ed altamente umano: - la pace universale! -
Chiama i giovani all'armi, corrono all'armi a frotte.
Fur quelli per l'Italia tempi d'epiche lotte.

Oh, i giorni brevi de la Repubblica romana,
giorni brevi dai quali pur tanta luce emana!
Glorïose stazioni, voi Varese e San Fermo!
Oh! i crucci de l'attesa.... Poi Marsala e Palermo;
e il ritorno ne l'Isola dove il fimo compone
con quella mano prodiga di terre e di corone;
poi, Bezzecca e l'amara parola obbedïente,
Aspromonte, Mentana... Digione finalmente,
(generosa rampogna e il modo non offende...)
atti, prodigi, istorie che già sembran leggende! -

E gli uomini scomparvero: ma, Numi tutelari,
veglian sempre da l'Alpi, veglian sempre da i mari,
e accennano a la meta - troppo ancora lontana -
dove un giorno raccogliersi dee la famiglia umana,
dove un giorno in dolcissima d'affetti comunione,
in perfetta uguaglianza, genti d'ogni regione,
intoneranno a piena voce il carme sonoro
(oggi utopia) di pace d'amore e di lavoro.
Solo allora i due Grandi da la vita immortale
esulteran nel nimbo del raggiante ideale.

Noi, novella nidiata, forza de l'avvenire,
germògli oggi e crisalidi, speriamo un dì salire
su per l'erta contesa, toccar la mèta bella,
costringer l'utopia, noi, nidiata novella.
Oggi portiam propositi, voti, sogni, parole...
Quel giorno in dolce gara d'amor, rose e vïole
daremo tutti all'Isola che emerge dal Tirreno,
alla tomba che sorge sul colle di Staglieno.

MARIA MAZZINI

A Lei si volga, come a pura fonte
di luce, il pensier mesto, oggi, che tanta
ombra si stende sul nostro orizzonte;

a Lei, figura santa,

imagine dolcissima d'amore,
di fede, di martirio, di pietate,
per cui è germinato il novo fiore.

O, ne la bassa etate,

nuova Tu fra le donne benedetta,
e del tue ventre benedetto il frutto,
e il pianto che piangesti in te ristretta,

madre pia, che distrutto

per sempre il sogno hai visto ch'ogni mente
sogna di donna fatta madre, e via
passasti, dolorando, tra la gente

come l'altra Maria!

Pur, dolorando, ne' vivi occhi avea
un sfavillar di luce vereconda,
splendor nudrito in Lei di quell'Idea

ch'è nel figlio profonda;

di quell'Idea che a Lui fruttò l'amaro
esiglio, e a cui col sangue suo suggello
Jacopo posto avea, Jacopo, caro,

più che amico, fratello.

Quante volte un maligno incubo incalza
e preme il cor che tutto il duolo seppe!
Via quel capestro!... Esterefatta balza

e chiama: o mio Giuseppe,

o mio Giuseppe, o figlio unico mio,
nascondi il capo tra le fide braccia,
fin che si sperda, o cada ne l'oblìo,

figlio, la rea minaccia!

E quante volte con mano furtiva
a Lui soccorse pallido ed anelo,
che nuova al cor da' scritti suoi deriva

virtude e dritto zelo!

Poi, fredde presso il freddo focolare
notti vegliate, e l'insistente acuto
pensier che rode come un tarlo, e amare

lagrime e dolor muto,

Ma se, o martire, alcun è che s'attenti
a l'idëal irridere del figlio,
fieri ha il tuo labbro allor superbi accenti,

lampi il materno ciglio.

Ahi! de la passïon la vïolenta
onda travolge alfin il debil cuore...
oh! il figliuol mio, singulta, - e piega lenta -

mente il bel capo, e muore.

Che tempesta di duol sconvolse l'alma
del percosso? - Niun sa. - Chiuso, severo,
gemè, lontano da la cara salma:

«levommi il mio pensiero...»[1]

---

[1]   Per la morte della madre di A. Saffi, scriveva Mazzini all'amico dilettissimo: - Tu avevi ieri una madre in terra, oggi hai un angelo altrove.

Ne l'animo infantile
il grido del pezzente
entrò, lama sottile:

si volse, e umanamente
da 'l labbro puerile
Ei sorrise al dolente.

Non mai bocca d'infante
sorrise con più amore;
e, tutto disiante:

- madre, implorò (dal cuore
una fiamma al sembiante
salía ch'era dolore)

madre, dammi il denaro
pel vecchio poveretto,
madre, dammi il denaro! -

E serenò l'aspetto,
e gli occhi sfavillaro
quando nel pugno stretto

ebbe l'obolo: corse,
qual chi ad amar è presto,
e al vegliardo soccorse;

poi, con rapido gesto,
le pargolette attorse
braccia al collo del mesto:

così, edera a scorza
d'albero secolare
con amorosa forza

s'avvince; così appare,
quando il vespro s'ammorza,
stella il cielo a schiarare.

«Nel suo pieno rigoglio,
amerà la sua gente,
o Madre, il tuo germoglio,»

disse il vecchio veggente.
Un palpito d'orgoglio
il cor materno sente.

FANTASIO

E la folla degli Uomini traditi
ne la lor fede, senza più speranza,
muta cupa movea per stranii liti

ne l'esultanza

floreal de l'april dolce; - movea
come chi nulla più chiede od aspetta,
e in cosa omai non piú l'alma ricrea

prima diletta.

A Lui ne gli occhi, a guisa di baleno,
quel dolore passò, fosco, l'impube
guancia velando, come un ciel sereno

fosca una nube.

Sentì la giovinetta anima allora,
l'onta sentì del secolare oltraggio:
non dunque, Italia, splenderatti, ancora,

di vita un raggio?

E fremea sul suo labbro il nome sacro,
più sacro de l'angelica orifiamma,
Suscitando nel gracil corpo macro

vivace fiamma:

fiamma che mai, che mai più verrà spenta,
non per odio, o disprezzo, o vilipendio,
chè il santo amor ne fa, che l'alimenta,

vampa d'incendio.

E ne l'età che le dorate larve
ed i sorrisi menzogneri asseta,
la sua sembianza e la parola parve

quasi d'asceta.

Pari a l'artier che colle braccia ignude
caccia il ferro per entro a la fornace,
e 'l foggia, martellando, su l'incude

come a lui piace,

vòlto il pensier a un'altezza fiammante
temprando Egli veniva il forte ingegno,
e vigore attingeva e lena in Dante,

amore e sdegno,

Dante padre! - dal cor grande salia
il grido in suon di pianto e di richiamo -
la terra che fu tua, Padre, ch'è mia,

che amasti ed amo,

di qual colpa da tanti anni si purga?
Vedi, Padre, che pièta e che dolore!
Padre, non fia che un'altra volta assurga

al prisco onore? -

Ma a l'aquila constretta entro la muda
si mutano i bordoni in dure penne,
e tempo è omai che al volo essa le schiuda

ampio, solenne.

LA GIOVINE ITALIA

Tempi foschi eran quelli: - chi ricorda e non freme?
Ne le anime nessuna fede, nessuna speme,
nessuna coscïenza di forza e di diritto:
un popolo su croce d'ignominia confitto. -
Oh! gli é un triste spettacolo un popol che s'acqueta
servilmente e non osa: - porge la mansueta
guancia a lo schiaffo, porge gli imbelli polsi al ferro,
curva la schiena,.. e sibila la verga de lo sgherro.
A che tanto splendore, tanta armonia di cielo
se gravita di tenebre sopra gli animi un velo?
a che ricco di vita, sol, torni a l'oriente,
se Italia non si sveglia, se la vita non sente?
a che i fior se le spade, si come il greco Armodio
non vi cela affilate su la cote de l'odio?
Eppure il mar le manda l'eterno suo muggito....
Chi fia che a lei ridoni la virtù del ruggito?

Ben qua e là qualche spirito ribelle e generoso
volea deterger l'onta, scuoter l'abbrobrioso
giogo, infonder vergogna ne le coscienze pigre,
gridare al popol: svegliati, sorgi leone e tigre:
ben volea... ma i tiranni stretti in bieco concilio
a l'audace apprestavano la morte o il triste esilio.
Così in ciel di tempesta, fra tetre nubi, appare
un astro, brilla un tratto, ne le nubi scompare.
Dopo un momento d'ansia, sotto i cent'occhi d'Argo
le genti neghittose tornavano al letargo:
così la carovana, spossata dal viaggio,
s'accorge che l'oàsi traveduta è un miraggio.
E lo stranier che l'italo suolo calca ed opprime
sogghigna e dice: «non v'è che polve sublime.»

Ma chi sei tu che solo, meditando, sul lito
ligure fremi, e intendi lo sguardo a l'infinito?
che vedi su la verde de l'onde ampia distesa?
qual da l'onde ti venne strana parola intesa?
Hai sul volto, il pallore de l'uom che soffre e in fronte
d'un edace, d'un grande pensier porti le impronte.
Non altrimenti in Capua, corrusco de l'idea
di rompere il servaggio, Spartaco un dì fremea.
Silenzio! Ei parla: «ahi! serva Italia...» che tenèbre
di schiavitù e d'obbrobrio! che silenzio funèbre!
Eppure un giorno bella come un'idea divina,
o libertà, splendevi su la terra latina:
il tuo vessil, mia Genova, correa libero i mari,
e non piegavan l'alme, - salde come gli acciari.
Oh! Pontida, ove l'insubre gioventù,
schiera pia, si votava a la morte: - la mala signoria
scuote Palermo e lava nel sangue il vile insulto:
di libertà le genti si educavano al culto:

hanno in Firenze un libero detto, un sasso in Portoria,
ed il popolo è bello di fierezza e di gloria. -

    No: questo, Italia mia, non è sonno di morte;
veggo e sento che ancora sarai libera e forte:
mel dicon gli sdegnosi carmi de l'Alighieri,
mel ripetono i magni spiriti d'Ugo e Alfieri. -
Dice: e con man possente scuote la neghittosa,
con voce nazarena: levati, grida, ed osa:
a la vita dei secoli, su! su! sorgi gigante,
cadan le secolari catene alfine infrante:
muoiono i cento? i mille? - Non sapete.. non sanno
che nella libertà de la patria vivranno?...
A la voce che affascina, or plorante or minace,
si riscuotono i torpidi: - il ligure tenace
non ha requie: con mano febril su mille e mille
carte ei verga parole che paiono faville,
paion lampi: - le bevono con ansia, avidamente,
a guisa d'assetati che una fresca sorgente
han dopo un faticoso lungo cammin scoperto...
E il sepolcro è animato, popolato è il deserto.
Quanti martiri! quanti caldi giovani cuori
infranti! che ululato di madri! che dolori!
ma intorno a la raggiante di libertà bandiera
si fa fitta, più fitta sempre, la balda schiera;
è falange, è legione, è un esercito invitto
che pugna per la patria, pugna pel suo diritto.

    Era bello e modesto: s'apria la giovinetta
anima ai primi sogni de la vita: sì schietta,
sì pura ell'era e candida che destava l'idea
del giglio de le valli; come questo, spandea
intorno un delicato soavissimo olezzo...
ma egli era, ne l'istesso tempo, tutto d'un pezzo:
tenace nei propositi, ne gli affetti costante,
vibrato nel linguaggio come un verso di Dante;
sentia la solitudine di chi sta innanzi, scolta
perduta, e molto prima del trionfo travolta.

    Rinchiuso in una torre, lunge ai baci materni,
o Iacopo, che pensi? - nel buio che discerni?
che dicono quell'ombre? - Da poi che il tempo reo
pei liberi si volse, presso il monte Pangeo,
mi sottrassi a la vista d'un popolo in catene -
dice l'una, - e quell'altra: - in Utica, se bene
tu rammenti, nel mentre la libertade langue,
io mi sottrassi a Cesare bruttandolo di sangue. -

    O Iacopo, che pensi? - la tua mente io discerno:
nel silenzio notturno senti il pianto materno;
ti voglion quelle braccia! - Non oda il morituro:
del carcere, col proprio sacro sangue, sul muro
scrive: - «ecco la risposta: ai fratelli... vendetta...»
Mormora: patria mia... madre mia... benedetta....»

Il gorgoglio lo soffoca del sangue: - pei destini,
così, d'Italia nuovi, muor Iacopo Ruffini.

LA BANDIERA

O bandiera, che balzi fuori della notte, io canto te superba e risoluta…. Un'idea tu sei, eppure per te si combatte con tanta furia rischiando una morte sanguinosa, per te, o da me amata, tanto amata!... O bandiera.

Whitman

Erano i giorni del risveglio: - intorno
a te, Bandiera, un popolo acclamante:
tu garrivi ne l'aer, fiammeggiante
al par de la superba e grande idea
che nei cuori fremea.

Là in alto, sventolar l'adolescente
man di Goffredo (che ne' forti carmi
bandìa l'Italia ed incitava a l'armi)
ti facea, di rincontro a la marina,
sul gibbo d'Oregina.

Intorno a te, là, sul colle votivo,
«che suol esser disposto a sola latria,»
unita da un desìo santo di Patria,
levar giura la gente di Liguria
la secolare ingiuria.

Ahi! ma il pallido e biondo giovinetto,
cui «rideva da l'anima la fede,»
te, della Patria simbolo, non vede
sventolar coronata ne la gloria
con segni di vittoria.

Ahimè! i bei sogni, ahimè! le frante spemi
travolte, come fior, da la bufera.
Ma Anteo si risolleva, - e te, o Bandiera,
di San Martin su la contesa vetta,
te, la vittoria aspetta.

Poi ti afferra e ti sventola un Possente
(lo seguon Mille) su per le felici
d'aure e d'aranci sicule pendici.
Oh! profuso al bel sol primaverile
«latin sangue gentile».

Un ligure - Schiaffino - uso a le pugne
del mar, con te va su Calatafimi,
gagliardamente va, primo fra i primi,
e cade, e in te s'avvolge, e muore – fiero
come un eroe d'Omero.

Intrisa del più puro italo sangue
dritta a la meta procedevi: - il molto

14

dì sospirato é giunto: il voto è sciolto:
l'Urbe t'accoglie, e brilli ne lo spazio
sotto il cielo del Lazio.

    De la pace a le sane utili posse;
del campo a le feconde opre; - a le schiere
lavoratrici, - e dove le gualchiere
romoreggiar, - ed agli opimi colti,
ai sudati raccolti,

    o Bandiera, a l'incude ed a la scure,
al mare, - e dove l'artefice crea,
dove s'accende una sublime idea,
arridi, amor di tutti, fede, orgoglio,
dal nostro Campidoglio.

CHI SIAMO NOI?

Chi siamo noi? - Del popolo siamo i figli, suo vivo
vero sangue dai globoli coloranti; - bel rivo
che scorre zampillando, ricco di fresche e schiette
linfe, ed all'erbe e ai fiori virtù di vita immette.
Chi siamo noi? - Rampolli siam d'un albero annoso
da la corteccia ruvida, dal fier capo frondoso:
quest'albero gagliardo, gigantesco, profonde
e salde ha le radici: - intorno intorno effonde
i molti rami a guisa di nerborute braccia,
e non teme la raffica che turbina e minaccia;
ai venti oppon la forza del millenario fusto,
e invan fischiando squassano il vegliardo robusto:
al lavorìo del tempo non soggiace, ma nerbo
maggior ne acquista e stà - olimpico, superbo.

Chi siamo noi? - La bella fiorita primavera;
di garruli monelli siamo una gaja schiera;
noi siamo una promessa, noi siamo una speranza,
noi siam l'onda del popolo che sempre avanza avanza...

Da dove noi veniamo? - Veniam dalla bottega,
veniam dall'officina, dal martel, dalla sega;
di là dove si rompe la schiena all'opra rude,
di là dove incallisce la man sovra l'incude,
di là dove si spezzano, si traforan le rocce,
e cade dalle curve fronti il sudore a gocce.

A che veniamo? - Amore ci mosse. Al santo appello
non sapemmo resistere. Qui, finisce il monello,
e piglia essenza e forma, mercè saggi consigli,
il Cittadino, l'Uomo. Qui, del popolo i figli
sotto un labaro accolti che porta impresso: Amore -
fanno ricca la mente, levano in alto il cuore.

GOFFREDO MAMELI

O Polanìsi, - erma villa, arridente
sovra il pendio del monte

al caldo bacio del sole imminente,
col mar ampio di fronte,

col mar ampio che solcan le paranze
dei pescator del lito,

l'aer giocondo di acute fragranze,
e l'arancio fiorito;

Polanìsi, - pendice solitaria,
dimora tutta queta,

ancor - chi ascolta - ancor freme ne l'aria
il verso del Poeta.

E qui visse Goffredo; - e caldi sensi
da la madre apprendea:

la speme, i nuovi desideri intensi,
la combattuta Idea,

e il martirio dei pochi, e il sonnolento
viver de' molti Ciacchi...

Tale, in Roma, porgea sano alimento
la matrona ai due Gracchi.

Oh! quante volte d'in sul colle olente,
al mar fiso lo sguardo,

volò su l'ali del pensier fremente
al pingue pian lombardo,

a le sacre di Roma antiche mura,
ed a l'adriaca riva;

e la prisca virtù, ne la sventura
recente, egli sitiva.

Ma intanto, via pel cielo italo, via
per il mar, via pel monte,

dovunque, - sprone a chi dorme od oblia,
come saette conte

rompon l'oscurità di densa nube,
la parola d'un forte

guizza e rompe col suon di mille tube
il silenzio di morte.

    Quale a Goffredo in tanto cimiterio
speme al cor ne deriva!

    Le labbra arse ci protende al refrigerio
de la fresca sorgiva.

    E già ne l'alma con nuovo tumulto
lo spirito de i carmi
anela al varco; - e il giovinetto, adulto
nel cor si sente a l'armi.

    Cadeano come i fior dal crin d'Ofelia,
da la sua bocca arguta

    dolci i versi cadean... Stenio di Lelia
in Tirteo si trasmuta.

    Negli orti più non geme verzicanti
a guisa di palomba:

    carme di libertà va tra gli stanti
con clangore di tromba.

    Come Arrigo Heine, anch'Ei si sente figlio
de la rivoluzione;

    ed ha parole di color vermiglio
la sua balda canzone.

    Nel vèlite spartano e ne l'oplita -
nelle marce – ridesti

    così, vate d'Afidna, la sopita
virtù cogli anapesti

    tumultuosi, - ed a soffio insistente,
furtiva, a poco a poco,

    bragia così divampa con stridente
vivace ala di fuoco.

    E Genova ricorda: - il giovinetto
Goffredo, circonfuso

    di sacra luce il serenato aspetto,
il biondo crine effuso

    a l'aer freddo, - la bocca divina
schiusa ai liberi canti,

sventola il tricolor, là, in Oregina
al popolo davanti, -

miranda vision! - Poi, la «Superba»
più non ebbe il Poeta:

campion d'Italia, Ei ne l'etade acerba
discende in campo - atleta.

Oh? fatal tre di giugno: l'aer tepe
nei mattutini albori;

sboccia in ogni verzier, per ogni siepe,
un poema di fiori.

Ahimè! sovra quei fior quanta fra poco
verrà pioggia di sangue;

che rantolar sovra quei fior, che fioco
lamentar di chi langue.

Sfolgora il Colle: - intorno, per le ville
è un corruscar di spade:

va tra il fumo, le spade e le faville
Goffredo, - urta ed invade.

Dice Torquato nel divin concilio:
è Rinaldo, o Tancredi? -

Eurialo o Niso? - interroga Virgilio...
fremon l'elisie sedi.

Lungo il tuo lido, Genova, deh! quale
passa spirto malvagio?

Senton gli aranci come un rombar d'ale
di funesto presagio.

Là, ne l'Urbe, che il fato ultimo preme,
cerca ancor la Vittoria

coi spenti occhi Goffredo - itala speme,
già assunto nella Gloria.

MOMENTI EPICI

Ci narrarono i padri; - muti ascoltammo e intenti:
e fu tutta una storia d'audacie, d'ardimenti,
d'epiche pugne e di vittorie: - un'immortale
esigua schiera andava con corsa trionfale
(e la morte arridea presso) sul glorioso
cammin, dietro la voce de l'Eroe portentoso;
l'Eroe biondo, dal cuore mite, senza paura,
umile ed alto più che ogni altra creatura,
intorno a cui sbocciavan i fior de la Vittoria,
e su cui la più tersa fulgea luce di gloria.

Egli disse: «Venite con me!» Trasse a l'invito
la gioventude italica: e qui sul nostro lito,
dove tepe ed aulisce la ligure riviera,
s'accoglie intorno al Duce la prodigiosa schiera.
Ecco, di Villa Spinola - da' viali folti e bui
qualcuno esce, s'avanza, scende lo scoglio: - Lui!
Come al Legista splende di luce dia la fronte
bella: (al largo lo attendono il Lombardo e il Piemonte)
Chi son essi che l'onde del Tirreno tranquille
con l'Eroe, ne la notte fatal, solcano? - I Mille. -
Van con Lui, con l'Eroe dolce, van con la fida
vittoriosa scorta, cui pungono le grida
de la bella Trinacria che per nascente solfo,
tra Pachino e Peloro, caliga sopra il golfo.

Di colore, al pensiero, di fiamma vive, splende
l'alta gesta, che udita soltanto, amore accende;
e ci sorgono innanzi, dentro un cerchio di luce
vittoriosa, in cui grandeggia il sommo Duce,
gli audaci: - Nino Bixio dal profilo che taglia
come spada, da l'animo che vince ogni battaglia;
i Cairoli, mirabili frutti d'eroica pianta,
che il maggior verso italico (guiderdon degno) canta;
l'epico Nullo, eretto, nuovo centauro, il torso
sul caval che gagliardamente disfrena al corso;
e tu che tanta in petto fiamma, Ippolito, accogli
di poesia, tu, forte Schiaffino da Camogli
che il vessillo sul colle, là, del Pianto romano
sventolavi terribile con poderosa mano;
e Antonio Mosto, bella testa, cuor saldo; Savi
il cui spirito austero parea da gli occhi gravi;
Burlando come torre fermo; i due Galleani
sfuggiti a la carezza de le materne mani...
ed altri, ed altri - tutta la leggendaria schiera,
tutta la forte sacra d'Italia primavera.

Quindici maggio! indarno con parola sonora
evocar tenta il verso l'epopea di quell'ora.
ditelo Voi, sergente Stefano Canzio, quale

fu l'impeto, la carica, la marcia trionfale;
come foste al gnaulìo de' spessi colpi saldi,
diteci il gesto e la voce di Garibaldi,
dinnanzi a cui, squarciati i bianchi eroici petti,
beati, sorridendo, moriano i giovinetti;
narrateci Schiaffino che agita lo stendardo
fieramente e procombe; - fate che il nostro sguardo
avido vegga, e sentano l'anime commosse
l'omerico tumulto de le camicie rosse,
sentan quasi lo squillo, che va di balza in balza,
del Carabelli, senza tregua, che preme e incalza,
e i canti di vittoria e il fremito d'orgoglio
quando Egli disse: «con voi posso ciò che voglio:
verran le vostre donne, verran superbe a voi
in su la via fiorita, madri e spose d'eroi.»

   Liberata Palermo in tre giornate, scossa
la mala signoria, va la fiumana rossa
di battaglia in battaglia, di vittoria in vittoria.
Verità, coronata di raggi, a la memoria
narra Bixio che rugge le solenni parole,
narra Castel-Morone, le combattute gole,
i nuovi, per l'Italia, Eurialo e Niso e Turno
morti, ove croscian l'acque del rapido Volturno,
e l'uomo, cui la gloria dava il più caldo bacio,
che s'apparta e sdigiunasi con poco pane e cacio,
che tutto dona e nulla per sè vuol, - dignitosa
coscienza d'eroe, anima disdegnosa
che non sa le basse arti, radiante figura,
umile ed alto più che ogni altra creatura.

   Ed eccolo ne l'Isola, Colui ch'è senza pare,
lunge al mondan rumore, solo, tra cielo e mare:
altri faccian gazzarra: Egli, fatto bifolco,
traccia, con sapiente mano, il diritto solco,
e inguainata la sciabola, con la lucida acuta
zappa rompe la gleba: con occhio esperto scruta
il germe, il fior, la foglia; pota la vigna e il fico,
gitta il seme ed il concio... Semplicità di antico.
Ma se la mano indura su l'avaro terreno,
una voce da l'onde viene a Lui del Tirreno:
ascolta, ed il pensiero poggia in alto con l'ale,
superba aquila, verso più superbo ideale:
e un'altra volta rutila nel bel sole d'Italia
la sua spada e fiammeggia la clamide che ammalia,
e un'altra volta accorono, stringonsi al Capitano
del popolo i suoi prodi... Ahi! generosi invano:
ne l'autunnal squallore passa un'ora maligna
per l'Italia e pei fidi suoi cavalier, - sanguigna
ora, tragica: ritto sul caval bianco il Duce,
del lugubre Novembre ne la pallida luce,
chiama, chiama con voce fremente di dolore;
«con me, con me venite... con me dove si muore...»

Indarno! quale schianto per quell'anima invitta
fredda a sè intorno l'ora sentir de la sconfitta!...

Questo i padri narrarono a i giovinetti intenti:
dolce ascoltar le forti prove e i belli ardimenti
mentre ogni alto ideale naufraga in un pantano,
ed il passato eroico par già tanto lontano;
dolce porgere agli animi conforto di memorie
in questo bulicame di ridicole borie;
oh! dolce ne l'assenza d'ogni benigno lume
vivere in Lui, già padre de la patria. - oggi, Nume.

DOPO IL LAVORO

Per tutto un anno, con amor, con lunga,
non interrotta - mai - grata fatica
(sì come il buon coltivator cui punga
speme di bionda spica,
di ricco magliuol, di pingue oliva,
svelle l'erbe malvage, e de l'amica
luce ricrea la vite, e da la viva
brezza ripara la palladia fronde)
ne le potenzie acute
«memoria intelligenzia volontade»
noi destammo l'ingenita virtute.

E ne l'opera bella,
per cui l'animo nostro oggi s'applaude,
e (sia concesso deh! a l'età novella)
si ripromette da voi qualche laude,
fu a noi il maestro paziente guida
e fidata lucerna:
«noi ci movemmo co la scorta fida»
che c'insegnava come l'uom s'eterna...
E già al desio de gli alacri bifolchi
apre gli occhi la vite,
e mareggian le spighe alte ne i solchi,
e mignolante è il casto arbore mite.

Ma contenta non posa
l'anima sitibonda, ancor non sazia
de l'ultima. dolcezza: - ardimentosa
(augello che in maggior aer si spazia)
vuole, con prepotenti
penne, attingere l'ardue ultime cime;
nè fia che il volo allenti
- è voto - sin che non tocchi sublime
là, dove l'almo sol versa torrenti
di luce diva, là, dove, gioconda
dal vivo sasso balza viva l'onda.

E dove i padri nostri accolti e stretti
in una fede stan di veritade
che scalda i forti petti,
(amor di libertà li persuade)
dove aleggia lo Spirto di Colui
che disse la Parola della Vita
in giorni tristi e bui
a la patria smembrata e svigorita;
dopo il molto sudor ne la fumosa
assordante officina,
lieti a studio veniamo, che sublima:
ecco, la mente in questo ben s'affina,
ecco, la man callosa

che il pesante martel sa e l'aspra lima,
segna la pura linea, e verso il Bello
va il Pensier, - falcon ch'esce del cappello.

    Intanto del lavoro,
oggi fornito, abbiam larga mercede:
così gli agricoltor prendon ristoro;
ma appena la novella alba in ciel riede,
vengono, più gagliardi, a la lucente
vanga, a l'util fatica consueta:
con pio riguardo curano le migna
che al sol già già si schiude,
curano il surto germe promittente,
e con man saggia potano la vigna:
compiuta l'opra rude,
se de la messe il cor poscia s'allieta
e de' be' raspi intatti,
«levan la voce e rallegrano gli atti.»

MEMORIE LIGURI

Assuetumque malo ligurem
VIRG. GEORG. II

Eran aridi scogli, brulle, infeconde rupi,
eran macigni e scabri monti e valloni cupi:
davanti la distesa del mar ampia: - null'altro.
Quivi trasse un tenace popolo, ardito, scaltro.
Donde esso venne? e quando? chi lo regge e conduce?
Fioca a noi vien, da i secoli più remoti, la luce:
invan l'acuto e vigile occhio la Storia intende...
trova viluppi strani di favole e leggende.

Eran aridi scogli, rupi, monti, valloni,
quando essi vi calarono, essi, - i Liguri o Ambroni:
son forti: la mollezza non ha potere sopra
la fibra lor: si pongono tenacemente a l'opra:
son sobrii (il parco vivere fa le gagliarde schiatte)
cibo: radici e carne; – acqua bevono e latte:
il pargoletto tuffano, nato appena, ne l'onda,
poi, cresciuto, lo addestrano con l'arco e con la fionda.

Ora tristi ora lieti s'alternano gli eventi:
vincon, son vinti, cadono, risorgon più potenti:
e non curvano a giogo di sorta: non son tempre
di servi: libertà voller, ebbero sempre:
Roma, la trionfante, porge la mano amica
a gli animosi Liguri, avvezzi a la fatica:
e nel divino esametro (pensando in me m'esalto)
dura la degna lode sì come incisa in smalto.

Lungo il lido ove rompono gli spumeggianti gorghi
ecco, sono castella, son villaggi, son borghi:
sui ruinosi scogli la torre ardita s'alza,
e la rupe in fiorita mutasi amena balza:
il forte utile abeto sul monte il capo estolle,
e il pacifero ulivo prova bene sul colle;
i dolci di Lieo grappi turgono al sole...
è la tenacia ligure che puote ciò che vuole.

De la Liguria, Genova la gemma prezïosa:
Petrarca la chiamava: - Genova imperiosa.
E l'imperio del mare tenne: la genovese
galea ne le piú ardite perigliava intraprese.
Oh! degli avi febbrile lavor qui sovra il lido,
oh! l'augurale e caldo lungo echeggiante grido
di madri e spose, - oh! lieti di guerra apprestamenti,
(saettie, cocche, galee) generosi ardimenti,
mirabili fierezze, cuor' saldi e salda fede,
oh! i ritorni acclamati ricchi di gloria e prede;
oh! paci fruttuose di gagliarda e di sana

dai vichi e da le piazze sonante opera umana!..
Messer Guglielmo Embriaco, la vostra torre dura
(mole superba!) ne la forte antica struttura:
e durerà di Caffaro guerrier, consol l'Istoria
fin che l'opre de' Padri culto avranno e memoria.

      Sono immortali i tuoi splendori,
o Genova, o bella madre dei liguri.
A. G. BARRILI.

      A la ligure gente
ne le vene il fier sangue impetuoso
scorre, e desio di moto impaziente
la signoreggia, e volontà d'oprare,
e un'insita avversione del riposo.
Così, così del mare,
su cui Genova a specchio altera s'alza,
l'onda, fremendo ognor, l'altra onda incalza.

      Un rigoglio di vita
a i genovesi ne le fibre esulta:
fulmineo il concepir hanno, ed ardita
infaticata l'opra al pensier segue:
la vigoria ne' membri asciutti è sculta:
brevi i sonni e le tregue
ed i sollazzi; la man pronta afferra
oggi il martel, doman l'ascia di guerra.

      De' liguri ardimenti,
de gli alti, in terra e in mar oprati, gesti,
de le audacie non fien gli echi mai spenti
fin che l'eroiche e belle opre avran pregio,
fin che la storia (e fia mai sempre) attesti
come un popolo egregio
per virtù propria e in suo voler tenace
seppe in guerra esser forte e grande in pace.

      Di gloria redimiti
passano via pe' secoli i tuoi figli,
passan, Genova, intatti intieri arditi
i Carmandino, i Pevere, i Pagano,
qual gia fur ne le mischie e ne' Consigli
e in mezzo a l'oceano,
Guglielmo «il duce ligure che pria
signor del mare corseggiar solìa.»

      Ma, o Caffaro, chi eguaglia
il tuo braccio, il tuo senno, il tuo linguaggio?
Tu formidal con usbergo e maglia;
in te potenza di civil pensiero:
un prode sei, guerrier, - console, un saggio;
su la tolda, nocchiero
e capitan, costringi la vittoria,
in patria pensi e scrivi… ecco, la Storia!

Lungo il sonante lido
vedo un pigiarsi di folla accorrente
propiziante echeggia intorno un grido:
- remi al mar! vele al vento! - il nome freme,
su le labbra, di San Giorgio il valente...
Quanta ne' cuori speme,
quanta fede nei cuor, se i Genovesi
salpan l'ancore e sciolgono i provesi!

La genovese prora
(brulica la galea d'ardimentosi)
solca l'onda, - del mar come signora:
cerca, fruga, s'inoltra; invan contrasta
l'ira de' venti e il furiar de' marosi;
tutta per quanto è vasta
la distesa del mar corre, e potenti
segni di sè lascia a l'estranie genti.

Chi siete voi? di quale,
gagliardi marinai, terra voi figli?
Chi su le vie del mar, chi tanto vale?
Vi rivela l'audacia, illustri e fieri
corseggiatori, e 'l sprezzar de perigli:
salvete, o pionieri,
pionieri del mar arditi e baldi,
Tedisio Doria e Ugolino Vivaldi!

Salvete ! oh, quanta un giorno
speme verrà su l'orme vostre! Ahi! grida
odo levarsi a vitupero e scorno....
vedo una turba irriverente... un'anzi
tempo canuto... Ei solo non diffida
del Genio che lo scorge: «Innanzi!... Innanzi!...
un giorno... un altro giorno... - un altro ancora...»
Ecco, le plaghe de la nuova aurora!

Un'aurora novella
(dopo secoli) o Genova, un tuo figlio
intravedeva in aer di procella:
a Lui l'onta e il capestro ed il sentiero
(duro sentier) del desolato esiglio;
chè fiamma di pensiero
temono ancora le moderne upùpe
sì come a i dì della prometea rupe.

Con ligure tenacia
Ei strappa Italia al suo lungo letargo:
parea sogno, utopia, di pazzo audacia:
vigilavan tiranni dentro e fuori;
vigilavano coi cent'occhi d'Argo:
freddo e ignavia nei cuori;
spirto di vita alcun non li commove...
Ei sorge, ed osa e grida: - e pur si muove!

ALBARO

Dove il ciel su noi s'incurva con più dolce arco azzurrino?
qual mai terra altra veracemente dir puossi giardino?
qui, sul cespo verde, aulisce la regal rosa, e l'ulivo
le cineree rame espande lungo l'aprico declivo;
qui susurra l'aer con blandimenti piani e tepe,
al suo mite bacio di fiori adornasi la siepe.

Son pur belle, Albaro, ne la quiete loro, son pur care
le viuzze che conducono, linde e strette, dritto al mare!
i bei nomi armoniosi! - Via Parini, Olimpo, via
Sirena... oh! in esse quanta suggestiva poesia...
Calma intorno: di bambini tratto tratto un gridio giunge
dal di là dal muro d'edera rivestito: poco lunge,
ne la casa tutta rosea come un sogno di fanciulla,
certo echeggia l'idioma che le madri pria trastulla;
in quel nido solitario, nel più fitto de la villa,
una vita d'amor svolgesi, come chiara acqua, tranquilla.

Da la solatia collina, che sul mar sembra s'adagi,
da le selve degli ulivi, degli aranci; dai palagi,
da le ville, da le logge, che con pura, arte l'Alessi
disegnava, da i viali folti, da i cupi recessi,
quante stanche anime in alto sollevaronsi con l'ale
cui già pria del disinganno punto avea l'acuto strale;
quanti in questa conca verde, ricca di jodio e splendori,
quanti spirti ritempraronsi di poeti, quanti cuori!...

Da la spiaggia, profumata d'alghe, del tuo San Giuliano,
è pur bel spinger lo sguardo sovra il mar, lontan lontano;
è pur bel spiar la vela che riporta il pescatore
a la sua povera casa dove aspetta in ansia Amore;
ascoltar quando la calma de la notte è più profonda,
ne' sereni plenilunî, lo sciacquio roco de l'onda...

L'INTELLIGENZA

Questa diparte il savio da lo stolto.
DINO COMPAGNI

Se l'avaro bifolco
con l'util opra de l'aratro fende
vivace terra di profondo solco,

con lieto animo attende
de l'opima ricolta il tempo amato
e la speme e il desio gli stanno a lato.

Così, - non altrimenti -
è la mente de l'uom campo fecondo:
ara e solca il maestro: - le sementi,

al bel tempo secondo,
ei gitta: - la parola arguta e scelta
«quivi germoglia come gran di spelta.»

E la mente s'impingua
del buon seme, - che un dì fia frutto buono
che a lei porge il cultor con dolce lingua:

così ammira il colono
farsi il raggio del sol vin che consola
«giunto a l'umor che da la vite cola.»

L'importuna gramigna,
la lappola, la felce e l'empio rogo
via sterpa il pio cultor: - a la benigna

scola - no duro giogo -
voliam (se non, la mente è morta gora)
«sì come schiera d'api che s'infiora.»

Del Vero al mite verbo,
tolto agli oltraggi d'aer inclemente,
matura il frutto de l'ingegno acerbo:

aspro nudo pungente
il prun mostrarsi vedi il verno prima,
«poscia portar la rosa in su la cima.»

Quando lo illustra il Vero,
sì come aquila s'alza a poderoso
superbo ardito vol l'uman pensiero;

e al raggio glorioso
pinto corrusca di colori varî
«a guisa d'orizzonte che rischiari.»

Non d'un tratto s'apprende
a lo spirto de l'uom la luce dia,
ma a grado a grado: - vedi? in ciel s'accende,

al mattin, la giulìa
campagna oriental di poca face
«che si dilata in fiamma poi vivace.»

Al primo primo lume
la lodoletta vedi ne l'azzurro
vispa tuffarsi con le aperte piume;

con grato odi susurro
svegliarsi i fior, le frondi odi stormire...
«così, l'animo preso entra in disire.»

IN CAMMINO

Allons au but, continuons...
V. HUGO

Su! con lena ed ardore,
in alto! su! - per l'ardua salita:
rallarga ogni vigore
de la mente e de l'anima smarrita:
va con amor, va con voler, con forza;
«chè volontà, se non vuol, non s'ammorza.»

Han detto: - al posto segno
miro costante, (sì il fin mi arrida)
e il nerbo de l'ingegno
là drizzo, come a la siderea guida
drizza lo sguardo vigile ed accorto
«qual timon gira per venire a porto;»

là, dove bello splende
il fuoco sacro che gli animi scalda:
se sotto i piè scoscende,
via per l'irto cammin, o scheggia o falda,
che val? - ben so che per codeste scale
«beltà s'accende quanto più si sale.»

E già lungo il sentiero
difficile (mi giova il grande amore)
ho colto, - molti spero
côrne, - tra vepri e spin' un qualche fiore;
ché, chi ben guarda, di tai fiori abbonda,
«sì come luce luce in ciel seconda,»

Tal, per la via petrosa,
a l'uom del monte (e l'affretta desìo
de la fiorente sposa)
attenua la fatica il fragorio
de l'onda che diroccia in bianche spume
«mostrando l'ubertà del suo cacume.»

A la rana il palude
fosco; - a l'aquila il picco luminoso;
al ferro su l'incude
l'opra assidua del maglio: - l'animoso
spirto punga desio di giunger l'erta
«dove la verità gli è discoverta.»

Allor, plausi e corone:
sì come, un tempo, presso l'onda alfea,
nel pelopeo agone,
di Pindaro l'alata oda fremea

(oh! dal trionfo vagheggiata speme)
«quasi torrente ch'alta vena preme.»

    In alto! su! - mi segua
(deh! sempre) il trepidante occhio materno:
la nebbia, ecco, dilegua
che la vista impedìa del Bello eterno;
già nel pensier, che in lui si rinnovella,
«come figura in cera, si suggella.»

PAROLA MATERNA

Figlio ascolta, ascolta bene, disse un dì la madre mia:
questa vita, senza studio, figlio, sai che cosa sia?
Essa è tenebre e caligine se il saper non la conforta,
è una landa isterilita, è una landa incolta e morta:
non fruscìo di verdi fronde, non zampilli d'acque chiare,
non un fior, non un augello: sterpi, stecchi ed erbe amare,
e marruche e rovi e spine, serpi odiosi e reo vapore,
e silenzio che desòla, - solitudine e squallore.

Torpe in calma accidïosa, pari a livida palude,
l'intelletto uman se il foco dello studio, che il ver schiude,
non gli dà il possente palpito de la vita più sincera,
non lo irraggia colla diva «luce che da sé è vera.»
Sai che avvien se non fecondano pie rugiade e pioggia e sole
la sementa? Il cultor vede vote e squallide le aiuole.
Ha tesor la selce, nelle vene sue, di foco, ma
non percossa, mai la silice, mai scintilla produrrà.

Una forza arcana e nobile l'intelletto umano asconde,
come nelle sue volute la conchiglia in grembo all'onde
tien la perla chiusa: questa fin che il sol non la percota
non isplende, e quella solo per virtù di studi é nota.
Il Pensier tende allo spazio come al mar la bianca vela,
è il Pensier dell'uomo augello che alle altezze mira e anela:
ma la vela cade floscia, se per buon vento non turge,
ma l'augel senza vigore d'ali in alto non assurge.

Possa un giorno (deh! non vada sperso il voto ch'oggi faccio)
dire: è questi il figlio in cui solo tutta mi compiaccio.
Alla donna che le andava numerando armille e perle
e chiedea: - le tue, Cornelia, dove son? vorrei vederle! -
sai che disse, appena i figli a lei trasser baldi e belli,
la matrona superbendo: - Questi sono i miei gioielli! -
Figlio vuoi che anch'io mostrarti possa un dì con pari orgoglio?
Cosí a me disse la madre: rispos'io: madre, sì, voglio! -

UNA PREMIAZIONE TRA I MONTI

Ricordate?. - Era rigido l'inverno; il giorno breve;
non frondi e fiori, gli alberi senza nidi; - la neve
alta e bianca, su i monti, ne i boschi, ne le valli;
i diacciuoli, da i rami, lucean come cristalli;
pungea crudo il rovajo; ghiaccio per ogni dove:
la vostra mucca, il vostro capretto ed il pio bove
rugumavan tranquilli nel tepor de le stalle
anelando al trifolio de l'ampia opima valle:
la vostra famigliuola nel rozzo casolare
raccolta, novellava d'intorno al focolare.

Voi, bimbi, no: al dovere voi ligi, voi, per nulla
curanti de la sizza, camminavate sulla
neve alta, passavate i rigagnoli in ghiaccio,
a torme, intirizziti, coi libri sotto il braccio,
senza un rimpianto per la casa lieta di fuoco,
ilari in volto come bimbi che vanno a giuoco:
andavate, ad un punto guardando, come al faro
guarda, ne l'infuriare de l'onde, il marinaro...
Quel punto, quella meta verso cui tende e vola
lo Spirito, si chiama, voi lo sapete: - Scuola!

Oh! dolci de la scuola benedette pareti,
dove i bimbi s'affollano silenziosi e queti,
levando curïosi gli arguti occhi nel viso
de la Gentil che in loro, con materno sorriso,
con gesto affettuoso, depone la semente
che darà fiori e frutti ne l'avvenir: - la mente
tenerella del bimbo si snebbia adagio adagio;
lo spirito, che andava dianzi quasi randagio,
a grado a grado piegasi al raziocinio; - pensa!

Si riversa ne l'anima onda di luce immensa...
Ed eccoli dimentichi già quasi dei trastulli:
Vedeteli: - già l'Uomo lampeggia in quei fanciulli.
Il poeta più umano del secolo, Vittore
Hugo, che il forte ingegno con la fiamma del core
seppe nutrir, solenne dettava ammonimento:
«ne la scuola, il Maestro porge al fuoco alimento:
quando il fanciullo compita, scoppietta una scintilla...»

Io scorgo ne l'attonita, bimbi, vostra pupilla
la gioia del dovere compiuto, il giusto orgoglio
di chi disse a sè stesso: debbo studiare, voglio
studiare, e finalmente ha il premio che non era
follia sperar: - così, l'agricoltore, a sera,
al parco desco, pensa premio a la sua fatica
turgidi i grappi de la vite e piena la spica.

Fu tempo, - ornai lontano - che l'umil uom del campo
sudava, come un bruto, su la gleba; ed il lampo
del pensier gli era ignoto: - sovra la curva fronte
sculti portava i danni de l'ignoranza e l'onte:
era servo, e il volevano servo: - ma la Parola
libera, un giorno echeggia: - echeggia da la Scuola,
echeggia da la Stampa: l'Uom ritrova sè stesso,
si rivolge a una meta; questa meta è: Progresso:
date affetti a chi ad essa, bimbi, per man vi adduce;
l'Amor ch'oggi vi guida, bimbi, è Amore di luce.

ODE ALLA GIOVINEZZA

Sei bella, Giovinezza!
Per te nel fiele de l'età canuta
cade una stilla ancora di dolcezza;
sei bella, o che tu, arguta,
da le foglie, sorridi,
de gli arbori novelle,
o che, senza pensieri, attorno guidi,
tripudïante schiera di donzelle,
o susciti de l'uomo entro del cuore
furor di gloria ed incendi d'amore.

A chi, triste, misura
il lungo lungo sentiero percorso,
e gravar de' molti anni la tortura
sente sul curvo dorso,
tu, Giovinezza, appari
col bel volto ridente,
e, quasi stella in ciel fosco, rischiari
l'anima chiusa desolatamente,
che de' tuoi vezzi, - oblita visïone -
ancor s'allegra e de la tua canzone.

Sei, col gracil germoglio,
bella, ne' campi, al tempo novo e gaio,
de le frondi, ne' boschi, con l'orgoglio,
co' fiori nel rosaio,
con la vite giuliva
del balzo solatìo,
co' mignoli che chiudono l'uliva,
col vivace de' nidi pigolìo,
bella, se il monte e il prato e la riviera
dipingi di mirabil primavera.

Tu deponi sul labro
de le fanciulle la canzon d'amore,
e le guance ne avvivi di cinabro,
e gli occhi di splendore,
che, tua mercé, soltanto
fiori vedono intorno,
e ancor non sanno il retaggio di pianto,
non sanno il duolo: - con il crine adorno
de le tue rose (in core han l'esultanza)
piegan le membra al ritmo della danza.

Indomita fermezza
tu insegni al forte e baldo adolescente
che perigli e viltà vince e disprezza,
che mostra la possente,
nel guardo vivo e fiero,
ala che in suo cammino

sorreggerà l'intrepido pensiero;
ed a l'ampio torace, ed al taurino
collo, ed al capo eretto, di gagliarde
opere ben si par com'ei tutto arde.

    Accorri su l'Alfeo,
presso il delubro de l'Olimpio Giove
(urge, e infiamma il desio del premio eleo)
a l'ardue inclite prove
di forza e di destrezza;
e al pugile garzone
giova il gustar de la divina ebbrezza,
nel plenilunio d'ecatombeone,
«che saziando di sè, di sè asseta»
l'ulivo, e il plauso, e l'inno del Poeta.

    Deh! profuma, o Castalia,
il canto mio che a maggior volo or s'alza:
fiore di Giovinezza, fior d'Italia,
caduto in ogni balza
del nativo paese,
sacro fiore reciso
in sul primo mattin, nel dolce mese
di maggio (tutta l'Isola è un sorriso)
salve! o, di gentil sangue fragrante
bel fior, da la corolla fiammeggiante.